두 마리 토끼를 잡는 극작법

김현희 작

극작의 A to Z 기초부터 심화까지

상업성과 예술성을 다 잡는 극작법

두 마리 토끼를 잡는 극작법

| 목차 |

Part 2 : 내 작품과 다른 사람 작품

Part 3 : 극작의 심화

| 들어가면서 |

본 이론서를 펴면서 많은 생각을 했다. 나보다 훨씬 좋은 이론서가 있을 거라 생각하면서 이 글을 쓴다. 그러나 이 책은 내 학생들을 위한 책이다. 이걸 보는 모든 학생들이 편하고 쉽게 써진 이론서로 글을 쓸 수만 있다면 이 이론서는 존재 가치가 충분히 있다고 생각한다.

본격적으로 극작법에 대하여 이야기 하기 전에 우선 대본의 시작인 접근법을 먼저 얘기 해보자. 글을 쓸 때 작가들은 여러 가지 접근법으로 글을 시작한다. [1]몰리에르(Moliere)의 경우 성격희극으로 유명하다. 그의 경우엔 인간의 특징적인 성격을 필두로 해서 인물 중심으로 사회적 배경을 포함하여 글을 썼다. 그 때문에 희

---

1) 17세기 프랑스의 극작가·배우 대표작 <따르튀프 Le Tartuffe> <돈 주앙Don Juan> 등

곡의 성격은 대부분 희극이며 (일부 희곡을 제외하고) 기승전결이 비슷한 부분이 있다. [2]베르톨트 브레히트(Bertolt Brecht)의 경우엔 사회주의를 연극 작품에 접목시킨 좌파 극작가로도 유명하다. (물론 그를 이렇게 한 마디로 정의하기엔 무리가 있지만) 대체적으로 사회적인 메시지가 강하다. 그러므로 브레히트는 사회적 현상을 비판하는 것을 중심으로 극작을 했다고 볼 수 있다.

이렇게 분명하게 극작의 접근을 했던 인물들도 있지만 다른 접근법도 많다. (그러니 한 가지 접근법으로만 접근하지 말기를!) 인물을 중심으로, 사회적 현상을 중심으로, 특정 사건을 중심으로, 성격을 중심으로, 상태와 의문을 중심으로 그리고 정의하기 어려운 어떤 현상을 중심으로 시작하는 경우도 있다.

---

2) 19-20세기 독일의 극작가 · 시인 · 무대연출가 대표작<사천의 선인The Good Woman of Setzuan> 억척어멈과 그의 자식들 Mutter Courage und ihre Kinder> 등

이렇듯 많은 작가들은 글의 '시작'을 다르게 하고 있으며 맞고 틀린 것은 없다고 볼 수 있다. 저자 같은 경우엔 여러 가지 접근법을 이용하고 있으며 특히 인간의 성격과 사회적 현상에 대해서 관심이 많기 때문에 그와 같은 글을 쓰고 있다.

대표작으로 <도보 7 분 쉐어하우스>, <적과 나>, <가려진 얼굴>이 있으며 이 글의 모든 시작점이 각기 다르다.

이 책을 요약하는 글로 설명하자면 극작은 꽤나 간단한 구조로 되어있다. 또한 이 구조를 따라만 가도 중간은 간다. 바로 기본이라는 것이다. 피카소와 고흐는 데생을 아주 잘했다고 한다. 그들은 기초가 있었기 때문에 새로운 양식을 만들어 낼 수 있었고, 자신만의 특색 있는 작품을 만들 수 있었다. 기초만 따라가다 보면 중간은 간다. 자세한 것은 책 내용을 봐야 하겠지만 책을 한 문단으로 요약하자면 이렇다.

첫 번째, 글을 총 10분할했을 때 2할은 인물의 초 목표와 배경, 프로타고니스트가 드러나야 하고, 7할은 목표를 이루기 위해서 안타고니스트(주인공)이 프로타고니스트(대립인물)과 목표를 향해 고난을 겪는 이야기여야 하고, 1할은 안타고니스트가 피할 수 없는 선택의 기로에 서야 한다. 그것이 결말이다.

물론 이것만 읽었다고 책을 다 읽은 것과 같은 효과가 있다고 생각하면 안 된다. 저자가 공부하는 공부법을 공유했을 뿐이다.

가장 큰 숲의 구조가 어떻게 되어있는지 파악하고 그 다음 세부내역으로 들어간다. 위 요약은 큰 숲의 지도라고 생각하면 된다. 그 안엔 어떤 괴물이 있을지, 함정이 있을지, 자신이 자초한 실수가 있을지 아무도 탐험하기 전엔 모른다.

그렇기에 이 기초를 잘 기억하고 책의 순서를 따라가다 보면 이 글을 보는 학생들이 글을 시작하는 데에 어려움이 없을 것이다.

잘 이해되기를 바라며 들어가는 글을 작성한다.

Part 1 : 극작의 기초

1장 극작가의 윤리적 태도

"영향력과 사회적인 힘이 강한 드라마를 이용하여 **이야기를 쓰는 작가로서**, 실제 사건을 다루거나 제작 과정 속에서 **부정적 영향을 끼칠 것에 대해 늘 예민해야 하며, 스스로를 되돌아볼 필요가 있다.**"

본격적으로 극작법을 시작하기 전에 1장에 일부러 배치한 "극작가의 윤리적 태도"에 대해서 극작가와 연출가들은 반드시 알아야 한다. (그만큼 저자가 가장 중요하게 여기기 때문에) 많은 극작가와 연출가들이 이 윤리적인 태도에서부터 문제 되는 경우가 많다. 이를테면 실제 사건과 인물을 어설프게 다뤄서 실제 인물과 사건이 왜곡되는 일이 일어난다. 이것은 이차 가해라고 볼 수 있다. 한 가지 더 윤리적 문제에 대해 이야기 하자면 폭력적인 장면을 너무 적나라하게 그린다거나 성적인 표현이 과하다거나 할 때다. 그러면 질문할 것이다.

학생 : 그런 작품들 많은데 흥행 잘 되던데요?

그렇다. 흥행이 잘 된다. 하지만 여기선 윤리적인 태도에 대해서 이야기 하는 것이다. 연기를 하는 배우와 그것을 보는 관객이 어떻게 생각할 것인지 극작가와 연출가는 미루어 짐작해 볼 수 있어야 한다.

더불어 극작가는 연출가 보다 더 섬세해야 한다. 이야기를 입체화(극화) 시킬 때의 기본 틀을 만드는 게 극작이기 때문이다. 자, 이제부터 위에 말한 윤리적 태도를 가지기 위해 주의할 점 두 가지를 알아보자.

주의할 사항의 첫 번째는, 실존 인물이나 사건에 대한

이차가해이다. 특히 실제 사건이나 인물을 다룰 때 주로 나타나는데, 인물을 희화화 시킨다거나 전혀 다른 인물로 그릴 때 그 실제 인물의 가족들이 상당히 타격을 입을 수 있다.

그럴 때는 인물은 그대로 그리되 다른 인물을 넣어서 작품의 스토리를 진행시켜야 한다.

예를 들어 '김현희'라는 실존 인물이 있는데 그 인물은 상당히 진취적이고 진지한 성격이다. 그 인물이 해낸 일은 한국을 외환위기에서 아무도 모르게 벗어나게끔 한 인물이라고 해보자. 이 인물이 한 업적은 위대하다. 하지만 진취적이고 진지한 인물만을 가지고 극을 쓰기엔 무리가 있다. 이럴 경우엔 먼저 그 주변 인물 중에 흥미로운 인물들이 있는지 먼저 찾아봐야 한다. 없다면 가상의 주변 인물을 만들어낼 줄 알아야 한다. 여기서 주의할 점은 실존 인물의 사건과 연계성이 있어야 한다는 것이다.

여기서부턴 예시 이야기로 가겠다. 성공하는 이야기에는 꼭 이런 인물들이 등장한다.

1) 주인공

2) 주인공을 돕는 유쾌한 인물

3) 주인공 대신에 희생하는 가족 및 친구

4) 주인공의 적대세력 (아주 잔인하고 사악함)

5) 주인공을 배신하는 인물

6) 주인공이 사랑하는 인물

7) 주인공을 돕는 세력(민중들, 학생들 등)

8) 주인공을 곤란에 빠지게 하는 인물

9) 주인공을 몰래 돕는 인물

등

여기서 핵심 인물만 설명을 덧대자면 주인공 '김현희'의 조력자이지만 유쾌하고 즐거운 성격을 가지고 있어서 관객들에게 웃음을 줄 수 있는 캐릭터가 있으면 좋다. 또한 '김현희' 대신에 희생하여 주인공의 목적의식을 불태우는 존재 (가족이나 친구) 등이 있으면 좋고, 김현희

가 실제 사건의 목표로 가기위해 밟아야 하는 악인을 (실제 사건에서) 허용하는 범위 내에서 만들어내도 좋다. 그것이 본인 자신일 때 주인공의 힘은 더 강해진다.

이렇게 직접 인물이 행하는 행동은 실제 사건과 유사하되 픽션을 적절히 섞어 작업하는 것도 방법 중 하나이다. 물론 실제 인물이나 사건이 너무나 강력하고 이러한 주변인물들이 실제로 존재했다면 굳이 새로 만들어낼 필요는 없다. 한 가지 덧붙이자면 너무 **미화하지 않는 선에서 만드는 것이 중요하고, 너무 과장 되서는 안 되며, 그렇다고 다큐멘터리처럼 만들면 안 된다.** 그렇다, 이것이 가장 어려운 점이다. (윤색에는 정말 많은 고려 사항이 생기기 때문에 저자의 강의를 듣거나 수정 과정의 도움을 받는 것이 좋다.)[3]

주의할 사항의 두 번째는, 폭력적인 장면과 선정적인 장면에 대해서다. 폭력적인 장면과 선정적인 장면이 이야기에서 빠질 수는 없는 요소이다. 어떻게 보면 관객들

---

3) 책의 날개에 명함이 있으니 참고

에게는 굉장히 흥미로운 장면이기 때문이다. 그러나 관객들을 불편하게 할 정도로의 폭력적 장면과 선정적인 장면은 되도록 유연하게 표현하는 게 좋다. 반드시 그런 상황을 넣어야만 한다면 이렇게 대체할 수 있다.

예를 들어 성격이 상당이 좋지 않은 악인의 캐릭터를 가진 인물이 강아지나 고양이를 괴롭힌다고 해보자, 그러므로 캐릭터는 부각되고 관객입장에선 악인(프로타고니스트)에게 증오와 혐오가 일어나 작품 자체로 보면 좋은 선택이다. 하지만 관객들을 불편하게 할 수 있다. 그 '학대'라는 것을 우회적으로 표현해보자.

'악인이 기분이 매우 나쁘다. 강아지와 악인 둘만 방에 있다. 바깥에는 악인의 부하들이 불안해하며 서 있다. 방 안에서 악인과 강아지의 눈이 마주친다. 곧 부하들이 서 있는 바깥이 보이며 소리는 애절한 강아지의 낑낑거리는 소리가 들린다. 부하들은 눈을 질끈 감는다.'

'A라는 인물이 학교폭력을 당하고 있다. B는 A의 멱

살을 잡아 올린다. A는 늘상 그랬듯이 불안에 떨고 있다. B 주변엔 B의 부하들이 늘어서 있다. B는 A에게 대사하며 벽으로 밀친다. A의 "억" 소리가 나며 장면은 버스정류장으로 바뀐다. A는 피투성이가 된 상태로 정류장에 앉아 조용히 눈물을 흘린다.'

위와 같이 표현할 수 있다. 직접적으로 폭력을 한 것을 한 차례만 보여주거나 소리로만 표현했다. 이 글을 보면서도 눈살이 찌푸려진다. 그러나 예시 앞에 설명했듯 작품에 있어서 필수 요소인 악인의 성격과 주인공에게 감정이입을 할 수 있는 아주 중요한 장면들이다. 아예 빼버리는 것은 작품 전체의 스타일과 흐름을 살펴 잘 선택해야 한다. 선정적인 장면도 위와 같은 방식으로 처리하면 된다. (직접 손으로 쓰기 싫어서 예시를 쓰지 않는다. 이것도 저자에게 자문하는 것이 좋다.)

2장 예술성과 상업성

"극작가를 포함한 예술가에겐 항상 이 두 가지 사이에서 고민한다. **예술성**을 부각 시키느냐... **상업성**을 부각 시키느냐... 정답은 없다. **하지만 둘 다 잡을 수 있다면?**"

바로 이 책의 제목이 된 예술성과 상업성의 두 마리 토끼를 잡는 방법이다. 이 방법을 기술하기 전에 초보 극작가들이 주로 하는 실수에 대해서 얘기해보고자 한다.

초보 극작가들(이건 연출가도 포함이다)은 처음엔 재밌는 아이디어로 작품을 시작한다. 하지만 금세 갈 길을 잃어버린다. 그러면 둘 중 하나로 가기 시작하지만 바로 하나로 모여진다. 처음엔 재밌게 쓰다가 어떻게 이어가야할지 몰라서 결말을 흐지부지 끝내거나 열린 결말로 만들어 버린다. 그리고 거기에 상징을 부여한다. 그리고 상당히 찝찝하면서도 뿌듯해한다.

좋다. 처음엔 이렇게 시작해도 좋다. 하지만 우리는 프로 글쟁이로써의 길을 가려고 이 책을 보고 있다. 아니, 프로 글쟁이 까지는 아니라도 **적어도 플롯을 이해하고 연출가든 배우든 분석도 역으로 해낼 수 있고, 작품의 성격을 파악하고 쓸 수 있도록 하기 위해서 이 책을 보고 있다.** (재밌지 않는가? 이 책도 결국 2.7.1 법칙에 따라 움직이고 있다. 잘 보면 이해된다. 지금 목표가 설정되었다.)

자, 그럼 상업성과 예술성 두 마리 토끼를 둘 다 잡아보자. 작품을 쓸 때 생각을 해 봐야한다.

1) 기본 플롯이 잘 잡혀 있는가.

2) 주제가 명확한가.

3) 로그라인으로 압축할 수 있는가.

4) 작품의 흥미로운(interesting) 지점은 어느 곳인가.

5) 재밌는(funny) 부분이 있는가.

여기서 2), 3)은 예술성에 포함될 수 있다. 그리고 1), 4), 5)는 상업성에 포함된다. 왜 1)이 상업성이냐면 2.7.1 법칙 자체가 헐리우드 극작법이기 때문이다. (물론 헐리우드 탄생 전 고대 그리스 비극에서부터 이 형식은 나름대로 지켜져 왔지만 현재는 보통 헐르우드 극작법이라 부른다) 상업성에 기초를 둔 헐리우드는 이 플롯에서 크게 벗어나는 법이 없다. 단순하게 마블과 디즈니만 봐도 충분히 파악이 가능하다. 지금 이해가 안 된다면 이 책을 다 읽어보고 <아이언맨>이나 <해리포터>, <스파이더맨> 등의 첫 편을 보면 바로 이해될 것이다.

위 다섯 가지만 다 지킨다면 이것은 상업성과 예술성

두 마리 토끼를 잘 잡을 수 있다. 한 작품을 소개시켜줄 수 있다면 가장 먼저 떠오르는 작품은 영화<킹스맨1편>이다. 물론 상업성에 70%더 기울어져있는 이 작품은 예술성도 잘 뽑아냈다. 그럼 반대로 예술성에 더 기초하면서도 상업성까지 잘 잡아낸 작품은 영화 <블랙>이다. 헬렌켈러와 같이 눈과 귀, 언어를 잃어버린 한 소녀를 사회성을 가진 한 여성으로 성장시키는 이 이야기는 상업성도 충분히 갖췄지만 예술성의 비중이 더 크다.

그럼 상업성과 예술성의 차이는 무엇일까.

상업성은 기본적으로 '잘 팔리는 것'을 뜻한다. 상업적인 가치가 있는, 관객들이 표를 지불할 의사가 충분한 작품이 상업적 가치가 높은 작품이다.

예술성은 미적인 부분과 상징이 잘 들어맞고 주제가 명확하게 부각되어서 관객들에게 여운을 크게 안겨줄 수 있는 작품이다.

이 두가지중 한 가지만 놓쳐도 금방 관객은 작품에서

눈을 돌린다. 너무 상업적이면 관객은 두 번 다시 보고 싶지 않다. 물론 상업적인 부분에서 스펙타클을 빼 놓고 볼 수 없다. 이건 예외적인 상황이다. 스펙타클이란 볼거리가 많은 작품이다. 보통 아이들 만화 영화가 그렇다. 상상과 눈이 번뜩이는 전투, 신비로움 3D등의 입체성, 곡예 등이 그렇다. 국내작품 중에 소개하자면 퍼포먼스 <비보이를 사랑한 발레리나>가 그렇다. 뮤지컬로 소개되었지만 지극히 개인적으로 퍼포먼스장르라고 생각한다. 이러한 퍼포먼스나 스펙타클이 있지 않는 이상 관객들은 너무 상업적인 요소가 드러나면 금방 질리기 마련이다.

또한 너무 예술성에 집중하다보면 상징성과 미적인 부분에 대한 투자가 너무 많아져 작품이 지루해진다. 줄거리가 진행되지 않고 상징을 보여주느라 관객들을 가르치려 드는 생각까지 들 정도라면 그 작품은 안 쓰느니만 못하다.

하지만 생각대로 이 두 가지의 밸런스를 잡기는 쉽지

않다. 그렇기 때문에 많은 사람들에게 시놉시스를 보여주고 검토해야한다. 자신의 생각과 타인의 생각은 분명히 다르기 때문이다.

이 상업성과 예술성을 판단하기에 앞서 마음가짐을 하나 제시하도록 하겠다. 우리가 많이 견제해야 하는 것이다. '과신' 자신의 작품이 대단할 것이라는 과신이 넘치고 겸손이 없으면 작품은 빈 깡통이나 다름없다. 남들의 말을, 특히 주변의 냉철한 시선을 가지고 따스하게 말해줄 수 있는 지인들의 평가에 덤덤해져야 한다. 많은 배우들이 볼 책이기 때문에 이런 예시를 다루겠다. (이 책은 작가 뿐 만 아니라 배우들도 보아야 하기 때문이다)

입시연기는 도대체 무엇을 배우는 걸까? 나는 그렇게 생각한다. '겸손' 연기법을 정확하게 배우는 것은 시간이 많이 걸린다. 그리고 평생을 걸쳐 연기를 배워나간다. 그러나 고등학교2~3학년 2년 정도의 짧은 시간 안에 연기를 완벽에 가깝게 구현한다는 것은 상당히 어렵다. 하지만 우리가 입시학원에서 배울 수 있는 건, '보는 사람의 눈은 모두 같다.'라는 겸손이다.

이 마음가짐을 가지고 두 마리 토끼를 이제 함께 잡기 위해 챕터를 이어가 보자.

3장 이야기의 기본 구조 (Plot)

"2.7.1... 2.7.1... 외워라. 무조건 외워라."

앞 장에서는 이를테면 겸손과 도덕성에 대해서 이야기 했다. 이제 테크닉 적으로 접근해보자. 저자가 작품 소개부터 2.7.1에 대하여 강조해 왔다. 이제야 이번 장에서 소개하게 된다.

- 표준 극작 기초 [2·7·1]법칙

2.7.1법칙은 앞서 말했듯이 기본적인 헐리우드 플롯 구성방식이다. 그림으로 보면 이렇다.

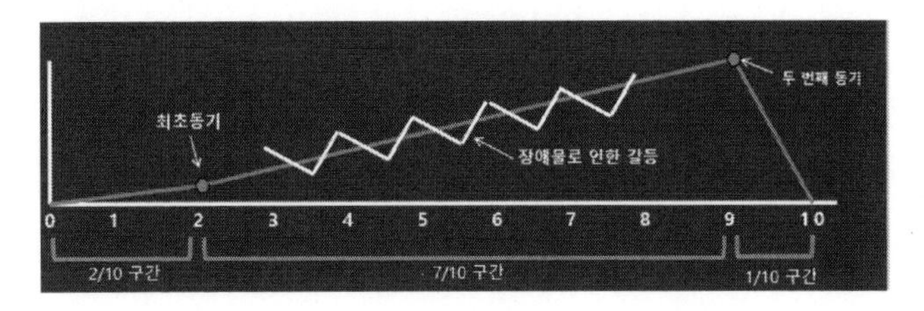

그림의 0-10은 이야기를 10단계로 나눠 본 것을 뜻하는 것이다.

- 이야기의 2/10구간

: 주인공 및 인물소개와 배경을 알려주고 최초 동기(초목표)가 나와야 한다.

- 이야기의 7/10구간

: 주인공을 가로막는 장애물들이 등장하고 그 장애물과 부딪히거나 뛰어넘거나 하면서 인물이 2 구간에서 가

진 초목표를 이루기 위해 달려간다.

- 이야기의 1/10구간

: 주인공에게 가장 어려운 선택의 갈림길이 나오고 갈등이 해소되며 주제가 부각된다.

이 그래프는 아주 기본적인 구조라고 알면 좋다. 이미지로 캡쳐하듯 외워두면 좋다. 그러나 이게 플롯의 전부라고 생각하면 안 된다. 2구간에서는 작품의 세계관 혹은 배경 그리고 인물들의 성격 등을 드러낸다. 그리고 영화의 20%가 지났을 즈음해서 주인공에게 어떤 큰 사건, 혹은 인물이 주인공의 인생을 바꿀만한 도전과제 즉 초목표를 준다.

그 이후 7구간에서는 주인공을 가로막는 장애물들이 등장하고 그 장애물과 부딪히거나 뛰어넘거나 조력자를 만들거나 배신하거나 하면서 초목표를 이루려고 할 수 있는 모든 행동들을 한다.

이제 이야기가 90%즘 진행되었을 때 인물이 초목표를 이루거나 못 이루거나가 결정된다. 그 이후의 인물의 행동으로 주제가 부각된다. 조금 더 상세하게 단어들을 보겠다.

- 최초 동기

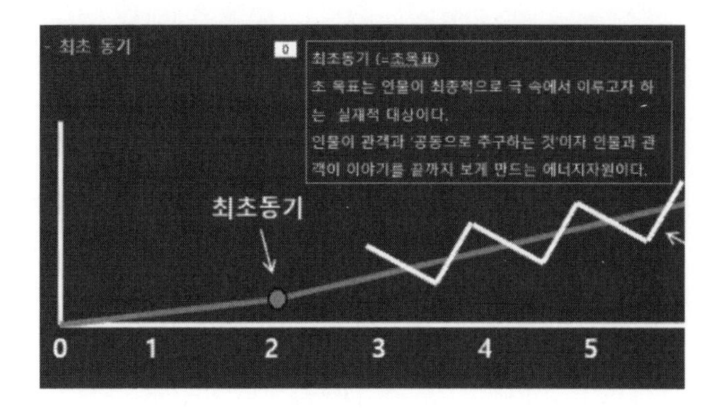

위 그림에서의 설명처럼 초목표는 인물이 최종적으로 즉 극속에서 이루고자 하는 실재적 대상이다. 그리고 인물이 관객과 '공동'으로 추구하는 것이자 인물과 관객이 이야기를 끝까지 함께 하게 만드는 에너지자원이다.

이를테면 타노스의 계획을 막고 무찌른다거나, 위기에 처한 가족을 구한다거나, 사랑하는 사람의 사랑을 얻는다거나, 권력을 잡기위해 보스를 암살한다거나 하는 실재적 대상이라는 것이 중요하다.

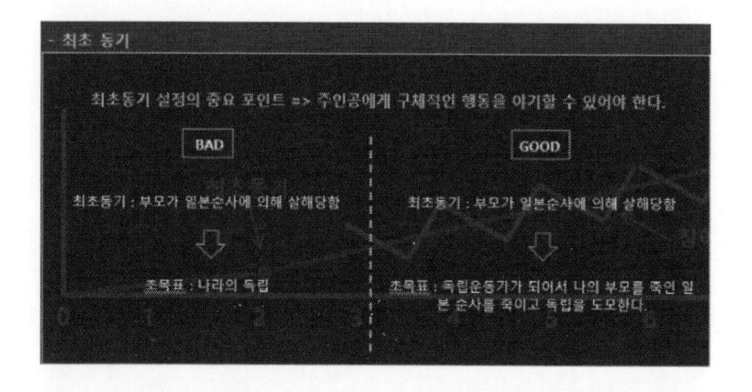

위 그림은 최초동기 설정의 잘 된 것과 나쁘게 된 것을 설명한 것이다. 여기서 물어볼 수 있다.

학생 : 어? '나라의 독립'과 같은 실재적 대상이 없는 목표도 있지 않을까요?

그럴 수도 있다. 하지만 그렇게 되면 너무 포괄적이고

추상적이라서 주인공이 부모님이 살해당한 상황에서 당장에 할 수 있는 일들이 떠오르지 않는다. 다짜고짜 독립을 해야겠다는 너무 큰 목표를 주면 주인공은 작가에게 묻는다.

주인공 : 나보고 어쩌라고?

작가 : ... 몰라 어떻게든 해봐.

그것이 바로 주제와 최초동기가 어긋나는 일이다. 이럴 땐 둘 중 하나를 바꾸는 것도 방법이다.

좋게 된 것으로 보면 이렇다. 아이는 자신의 부모를 죽인 일본 순사를 눈으로 목격했다. 그렇기 때문에 복수심에 불탄다. 어떻게든 그 일본 순사를 죽이고자 목표가 생긴다. 그렇게 하기위해 일제강점기라는 배경에 맞물려 힘을 키울 수도 있고, 독립운동가에게 직접 찾아가서 고난을 겪을 수도 있다. 결과적으로 일본 순사를 죽이기 위해 '독립을 도모한다.'라거나, '천황을 암살한다.'라거나 등의 미션을 통해서 인물에게 보다 구체적인 행동을 할 수 있게 만든다.

최초동기가 중요한 이유가 이것이다.

관객 : 오, 너 큰일났네, 그래서 어떻게 할 건데?

이 궁금증이 관객이 주로 작품을 보는 이유이다. 이제 두 번째 동기에 대해서 이야기 해보자.

- 두 번째 동기

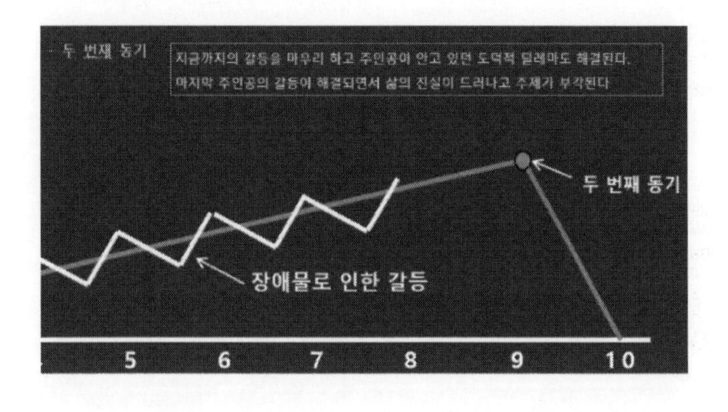

두 번째 동기는 '선택의 지점!' 이라고 생각하면 좋다.

지금까지의 갈등을 마무리하고 주인공이 안고 있던 도덕적 딜레마도 해결된다. 마지막 주인공의 갈등이 해결되면서 삶의 진실이 드러나고 주제가 부각된다.

악당을 물리치려 노력해왔는데 사실은 그 악당이 나의 아버지였다는 사실을 아는 부분이 두 번째 동기가 될 수 있는 거다. 그래서 유명한 대사가 있다.

[영화 <스타워즈: 제국의 역습>에 나오는 대사.]

다시 돌아와서 아까 들었던 일제강점기 이야기로 돌아와서, 최초동기가 부모가 일본 순사에 의해 살해당한 것이고, 그 일본 순사를 찾기 위해 독립운동에 뛰어드는 것이 초목표가 되었다. 이 이후엔 죽을뻔 하기도 하고 도움을 받기도 하고, 도움을 주기도 하면서 그 승승장구하는 일본 순사를 만나게 되었다고 하자. 그리고 드디어 그 일본 순사 목에 칼을 들이댄 순간. 순사가 한국어를 유창하게 하더니 이런 말을 한다면 어떨까.

순사 : 내 동생 많이 컸구나. 죽여라.

여기서 관객들의 머릿속엔 물음표가 가득할 것이다. 이것으로 짧은 인서트와 함께 어렸을 때 잃어버렸던 형이라는 것을 알아차린 주인공, 여기서 두 번째 동기가 생긴다.

주인공이 형이자 자신의 부모의 원수인 사람을 죽일지, 말지. 선택하는 것에 따라서 결말이 달라진다. 그리고 주제가 달라진다.

첫 번째 선택을 하게 되면 형제애고 뭐고 복수가 중요하다. 라는 주제가 도출되고, 두 번째 선택을 하게 되어

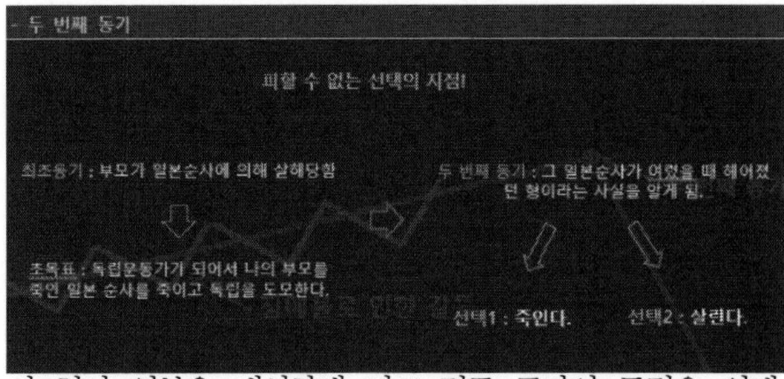

서 형이 일본을 배신하게 되고 결국 국가의 독립을 위해서 몸을 던져 희생하면 정의를 구함으로 형제애의 회복이 이루어진다.

중요한 건 두 번째 동기의 선택에 따라 결말이 완전히 달라진다는 점이다. 물론 이건 이야기의 본 내용에 따라서 또 천차만별로 갈라질 수 있지만, 인물은 살리거나 죽이거나 이 선택지밖에 없다.

만약에 그러한 선택 외의 선택지가 생긴다면 딜레마의 무게가 적기 때문에 두 번째 동기의 가치가 떨어진다. 즉, 죽이거나 살리거나를 반드시 해야만 할 수 밖에 없는 상황이 배경이 되어야 한다.

4장 행동과 행위의 차이

"**행동은** 인물이 **목표를 이루기 위해** 취하는 모든 태도! **행위는** 목표와는 무관하게 **인물의 성격, 감정 상태**를 나타내는 태도!"

이 두 가지는 분명히 다르다. 하지만 이 두 가지가 공존해야 인물의 설득력(논리)과 매력을 동시에 잡을 수 있다. 즉 행동은 설득력을 부여하고 행위는 성격을 부여한다. 마치 게임 캐릭터의 스토리와 스킬의 공존성과 비슷하다고 보면 된다. 이것은 비단 인물에게서만 드러나는 것이 아니라 극작 속에서도 이 두 가지가 분리되어

움직이지 않고 공존해야한다.

- 행위와 행동의 차이

◎인물의 행동?

- 인물이 목표를 이루기 위해 취하는 모든 태도

◎인물의 행위?

- 목표와는 상관없이 인물의 성격, 감정 상태 따위를 나타내는 태도

행동은 구체적이고 명확한 것이다. 반대로 행위는 조금 추상적이거나 이유가 딱히 없거나 한 것이다. 이 두 가지는 색이 다르지만 공존하지 못하고 한 쪽으로 치우쳐지면 너무 이미지만 강렬하거나 공중에 떠 있는 말만 하는 인물이 만들어질 수 있다.

행동에는 구체적인 단어가 붙어야 한다. 말하자면 '행동동사'라는 것인데. 행동을 지시할 만한 동사를 뜻하는 것이다. 사랑한다. 보호한다. 감사한다. 두려워한다. 와

같은 애매한 동사가 아닌 행동이 직접적으로 들어가야한다.

- 사랑한다 -> 꽃과 함께 **사랑을 고백한다.**
- 보호한다 -> 연인을 방에 두고 문 앞의 **적과 싸운다.**
- 감사한다 -> 편지와 함께 **감사인사를 전한다.**
- 두려워한다-> 몸을 덜덜 떨며 방구석에 **숨는다.**

더 구체적으로 쓸 수도 있지만 이런 방식으로 행동동사로 바꿔버리면 연기를 하는 배우들과 인물이 구체적으로 할 수 있는 행동을 제시할 수 있다. 당장 시도해봐라. 행동동사는 주저 없이 행동을 할 수 있을 것이다.

반대로 행위는 이러한 것이다. 물론 이것도 행동동사로 이루어져있다. 행위는 목적을 이루기 위해 보조하는 것이다. 그렇기 때문에 인물의 성격과 무관한 행위를 설정해서는 안 된다. 행위의 몇 가지 예시를 봐 보자.

- 항상 한쪽 다리를 떨고 있다.
- 불쾌하면 눈썹을 긁는 버릇을 가지고 있다.
- 호탕하게 웃는 편이다.
- 고민할 때 반지를 만지작거리거나 팔짱을 낀다.
- 시선이 항상 여러 가지 사물을 본다.

이렇게 다섯 가지만 놓고 보아도 인물이 어떻게 행동하는지 머릿속에 그려지지 않는가. 더불어 당장 시도해볼 수도 있다. 이런 것이 좋은 행위이다.

5장 3의 법칙

"세 번 이상으로 가면 지루하다."

무엇이든지 세 번 이상 시도하거나 진행되면 지루하기 나름이다. 게임에서 비유할 수 있는데, 게임 속에서도 첫 번째는 그러려니 넘길 수 있다. 두 번째 까지도 시도해 볼 만한 가치가 생긴다. 하물며 두 번째는 투지가 불타오른다. 그러나 세 번째까지 실패한다면 그 때부턴 지루함이 몰려오기 시작한다. RPG게임이던 PVP게임이던 세 번 이상 지거나 죽으면 더 이상 하고싶지가 않아지는 경험을 해본 적이 있을 것이다.

극작도 마찬가지다. 같은 목표에 세 번 이상 시도하거나 실패하면 특별한 경우(매 번 도전 대상이 변한다거나)가 아닌 이상 관객들은 지루해지기 마련이다. 간단하게 2.7.1 법칙부터 예로 들어보자. 이 법칙도 7구간에 3의 법칙이 들어간다. 7구간은 영화에서 상당히 많은 비중을 차지한다. 그러므로 그 안에는 작은 도전과제들이 등장하는데 이를테면 주인공이 알 수 없는 괴물을 찾아다닌다고 해보자.

[첫 번째 도전]

주인공은 처음엔 호기롭게 그리고 쉽게 괴물을 발견하지만 이내 도망간다. 기**세등등한 주인공은 괴물을 쫓아 뛰어가 도전한다. 그러나 주인공은 알 수 없는 강한 힘에 당해 어딘가에 감금당한다.** 주인공은 그곳을 탈출하려고 시도하고 그곳에 갇힌 다른 사람과 협동하여 간신히 탈출을 해낸다. 주인공은 두려움에 휩싸였지만 동료가 괴물을 죽일 방법을 알아냈다며 함께 추적 하자고 한다.

(참, 여기서 최초동기는 여자친구를 납치한 괴물을 잡는 것으로 정해놓고 가보자)

[두 번째 도전]

주인공은 숲으로 향한다. 괴물이 자주 출몰한다는 것과 많은 동료의 지인을 포함한 사람들이 죽었기 때문에 쓸만한 무기들을 찾을 수 있다는 동료의 말에 함께 더 깊은 숲으로 향한다. 그곳엔 시체가 널부러져있고 목만 전시해놓은 이상한 제단도 보인다. 분명 괴물은 인지 능력을 가지고 있는 것일까? 의심과 두려움 그리고 투지로 다져진 주인공은 괴물을 다시 쫒는다. 숲에서 여러 동물들을 잡아 피 냄새를 흘리면 괴물이 나타난다는 동료의 말을 따라 주변 동물들을 잡아 고기로 덫을 놓는다. 이내 괴물의 울음소리와 함께 괴물이 개걸스럽게 고기를 먹는 모습을 본다. 주인공은 깊은 숲에서의 탐험으로 얻은 샷건으로 **괴물을 절벽까지 몰아 거의 처치하지만 괴물은 괴성과 함께 절벽을 무너뜨려 함께 강에 빠지게 된다.**

[세 번째 도전]

주인공은 강물에 휩쓸려 눈을 뜬다. 동료는 보이지 않는다. 홀로 손에 묶어둔 샷건을 말리며 허기를 채우고 다시 더 깊은 숲으로 홀로 향한다. 우연히 괴물의 동굴을 발견하고 여자친구에게 주었던 신호기가 울리며 메시지가 흘러나온다. 괴물이 제단에서 무언가를 준비하고 있다는 소식과 함께 사랑한다는 이야기를 끝으로 다급한 무전은 끝이 난다. 더 이상 통하지 않는 신호기를 끝으로 주인공은 괴물의 동굴 주변의 고철로 무기를 더 강하게 만든다. 주인공은 동굴에 향하지만 아무도 없다. 그곳에서 여자친구를 발견하고 둘은 짧은 만남을 끝으로 괴물 소리에 주인공은 몸을 숨긴다. 여자친구는 괴물이 햇볕에 약하다는 이야기를 전해주고 주인공은 가장 밝은 빛이 되는 아침에 동굴을 폭파시켜 탈출하고자 하는 계획을 세운다. 곧 해가 뜨고 괴물은 동굴에 들어온다 동료의 시체를 손에 든 채 제단에 두고 잠을 잔다. 괴물의 부상은 온데간데없다. 주인공은 동료에게 명복을 빌어주며 여기저기에 폭발물을 설치한다. 설치하는 과정에서 괴물에게 들킬 위협이 몇 번 찾아온다. (이것도 세 번 정도면 족하다) 그 사이에 정오가 되었고 마침 괴물도 깨어난 순간 주인공은 폭발물을 터뜨린다. 동굴이 무너지고 주인공과 여자친구는 탈출한다. **괴물이 쫓아오지만 햇볕에 이상하게 약하다는 여자친구의 말처럼 괴물은 쫓아오는 속도가 늦어지고 곧 사람으로 변한다. 주인공은 마지막 일격을 날린다. 귀신처럼 쫓아와 주인공의 목을 잡아올리는 인간이된 괴물은 "니가 나의 여동생을 죽였어. 만약 살려주면 여자친구의 병을 낫게 해 주지. 하지만 네가 재물이 되어야 한다." 라는 말을 한다. 함께 죽는다.**

[결말]

주인공은 7년 후 어린 자녀를 데리고 관광지로 변한

괴물의 동굴로 향한다. 그곳에서 흐려진 편지를 바라본다. 행해졌던 의식이 시한부였던 여동생 대신 괴물 자신이 희생하여 죽으려 했다는 사실이 드러난다. 그리고 주인공만 괴물의 여동생이 자신의 여자친구였다는 사실도 알아챘다. 자신의 아내는 그것을 바라보고만 있지만 알아차리지 못한 듯하다. 주인공은 속으로 '아직 살아있고 평생 살릴거야..' 라는 한마디를 남기고 끝난다.

지금까지의 스토리를 보면 굵은 글씨로 표시해 둔 곳이 도전의 세 번째 과정이다. 여기서 중요한 건 이 부분은 7과 1구간을 다루고 있고 7 부분에서의 장치(일명 떡밥)가 계속해서 톱니바퀴를 가지고 돌아가고 있다는 것이다. 이 이야기에서 주인공을 죽이지 않은 이유도 일부 해석해낼 수 있다. 그러나 이 해석까지 쓸 필요는 없다. 주인공 중심으로 이야기는 이루어져야 하기 때문이다.

자 여기까진 플롯과 잘 들어맞는 안정적인 글을 보았다. 이제부턴 함께 글을 써 보자. 다음에 등장할 장은 대사로 이루어져있다. 학생과 저자가 함께 글을 쓴다는 가정 하에 글을 써 보자.

6장 함께 써 보는 글

"학생이 어느 날 자신의 아이디어를 가지고 왔다. 이 학생은 영화감독을 꿈꾸고 있지만 이번엔 연극을 써 보고 싶다고 찾아왔다."

학생　　쌤 만약에 '협동'이라는 가치를 어떻게 글로 만들 수 있을까요?

나　　글쎄.

학생　　제가 생각을 하나 가져왔는데 뭔가 연극으로 만들면 좋을 것 같아요. 음... 한 여서 일곱 명이 함께 한 곳에서 프로젝트를 하는 거예요.

나 흥미롭네. 근데 무슨 프로젝트?

학생 그걸 모르겠어요. 요즘 (2020년대 기준)서바이벌 프로그램이 유행이니까 서바이벌처럼 하면 어떨까요? 내기를 하는 거죠, 돈을 걸고.

나 로그라인 얘기해봐.

학생 아.. 아직은.

나 지금 정해봐.

학생 음, 일곱 명의 사람들이 거대한 상금을 놓고 싸우는 이야기?

나 괜찮은 로그라인이야. 그 다음이 중요해. 누가 누구에게 무엇을 어떻게 하는가가 로그라인의 핵심인데 잘 얘기했어. 근데 협동이라는 주제랑 어긋나는 걸?

학생 그럼...... 아, 경쟁을 하면서 협동을 도모하는 거죠. 그게 시험이고.

나 누가 시험을 만드는 거야?

학생 유튜버가요.

나 왜?

학생 ... 사실 잘 모르겠어요. 그들의 심리적인 현상을 다루고 싶은데...

나 심리적인 현상?

학생 네, 요즘 청년 정신건강이 많이 힘들다는 거 저도 느끼고 있거든요. 근데 이걸 드라마의 힘으로 도와주고 싶어요. 저 역시도 힐링이 되고.

나 그럼 어떤 질환을 앓고 있는지 밝히는 거야?

학생 음.. 안 밝히고 나중에 밝혀졌으면 좋겠어요.

나 개성은 기본에서 만들어지는 거야. 네가 주제랑은 조금 벌어졌지만 잘 쓴 로그라인이거든? 그 로그라인을 이렇게 바꿔보는 건 어때? 일곱 명의 사람들이 서로 협동하여 유튜버가 준 과제를 해결하여 상금을 얻는 이야기.

학생 결말까지 들어가 있네요?

나 그렇지 로그라인엔 결말까지 들어가 있는 게 좋아. 그래야 투자자들이 한 눈에 보고 액션 아이디어로 넘어가지.

학생 그렇군요.

나 이제 액션아이디어를 써 보자.

학생 1 25세 이상의 7명의 청년들이 한 방에 모여

서로 여기에 온 목적을 이야기 한다.

2 유튜버가 규칙을 설명하고 첫 번째 과제가 주어진다. 그 과제는 상대방 등에 붙은 듣고싶은 말을 듣는 것이다.

나 그냥 듣고 싶은 말만 하기엔 할 말이 없거든. 그래서 말 할 주제를 던져주는 건 어때? 이를테면 음... 환경문제?

학생 환경문제요?

나 요즘 이슈되는 문제를 토론하게 하면서 동시에 원하는 말 듣기도 가능하게 하는 거지.

학생 괜찮은 것 같아요. 그럼 단계를 나누어서 협동 미션을 통과하면 무슨 보상이 이루어지게 하면 좋을까요.

나 일정 점수를 얻어야 하는 건 어떨까 세 개의 미션을 모두 통과해야 각자 상금이 주어지는 거지. 그러나 협동하기 어렵게 만들어두어야겠지?

학생 그러면 좋겠네요.

나 하지만 협동 과정에선 모두 선택에 기로에 서

거나 갈등이 있어야 할 거야.

학생　그렇게 만들 수 있을 것 같아요. 뭐, 각자 퍼즐을 푸는데 도울 수 없다거나, 어둠속에서 하는 연극놀이를 포함시켜도 좋을 것 같구요.

나　그래 마지막엔 어떻게 하지?

학생　마지막엔 선택을 주는 거죠. 한 사람에게 모두 상금을 몰아줄 수 있는 기회와 모두 동일하게 나눌 수 있는 기회를 제공하게 된다면 분열이 일어나지 않을까요.

나　괜찮은 생각이다. 한번 써보렴.

학생　네! 그 이후에 결과적으로 협동을 선택하게 되어서 모두 좋은 결과를 맞이하는 거죠!

나　그럼 어서 쓰러 가!

학생　네!

7장 시놉시스와 트리트먼트

"로그라인은 한 줄로 설명한 액션아이디어이다."

5장에서 우리는 로그라인과 액션아이디어에 대한 이야기를 들었다. 로그라인은 이야기를 짧게 설명한 글이다. 즉, 액션아이디어를 한 줄로 줄이는 것이다. 여기서 용어 정리부터 하고 가보자.

- 용어 정리

-시놉시스 및 트리트먼트 용어정리

기획안 》 시놉시스 》 트리트먼트 》 시나리오(대본, 희곡)

- 제목　희곡의 이름
- 기획의도　(+연출의도) 현 시대에 본 이야기를 쓰는 (보여주는) 이유, 작품을 구성하게 된 동기
- 소재　(=핵심 아이디어) 작품의 색을 드러낼 수 있거나 핵심적인 소재가 된 주요 키워드.
- 로그라인　인물, 장애물, 목표가 포함되어 이야기를 한 줄(내지 두 줄)로 설명하는 글
- 액션Idea　인물의 행동을 5-10문장으로 연결시킨 짧은 글
- 줄거리　이야기를 시간 순으로 나열해놓은 글
- 장르　(극 형식) 작품의 정체성과 색을 드러내는 것
- 인물소개　이름, 성별, 나이, 직업, 외형, 성격 등을 설명해놓은 글
- 트리트먼트　시놉시스를 발전시켜 핵심적인 대사와 장면 구성들이 드러난 예비 대본이라고 볼 수

있음

위의 글대로 작품을 쓰게 되기 전까지 거치는 구간에 대해서 이야기할 것이다. 저 순서가 규칙처럼 모든 현장에서 그대로 쓰이진 않는다. 어떤 곳은 생략하고 어떤 곳은 더 상세하게 나눠서 똑같은 말 하는 것 같은데 두세 번 쓰게끔 하기도 한다. 그리고 용어를 조금 다르게 쓰는 곳도 있다. 현장에 맞춰서 용어의 의미를 이해는 것이 중요할 것이다.

그걸 유념하면서 보면, 우선 보통 영화든 공연이든 드라마든 세부적인 과정은 다르겠지만 제일 크게 보면 기획을 하고 그 기획에 맞게 이야기를 제작하는 것은 동일하다. 지금 독자들이 보는 정의나 순서는 많은 헐리우드나 대부분 영화 시스템에 의존하는 용어들이다. 공연 현장에서도 말만 다르게 써놓고 기획안 속에 저 내용들을 쓰게끔 한다. 저 많은 단어들이 어떤 차이가 있는지 그게 중요하다.

우선 본 서적에선 위와 같이 정의 하겠다. 제목은 작품을 잘 표현해내는 것을 쓰는 게 좋다. 기획의도는 왜 이 시대에 이 글을 작품을 쓰거나 올리게 되었는가 에 대한 이야기고 연출의도는 연출가가 작품을 어떠하게 해석했고 그 해석을 어떠한 방식으로 보여줄지를 드러내는 글이다. 주제는 서술형으로 끝나는, '정의는 반드시 승리한다.' '인간은 본능을 이기지 못한다.' 와 같은 작가의 중심 사상이다. 소재는 작품의 색을 드러낼 수 있는 핵심적인 키워드이다. 로그라인은 인물, 장애물, 목표가 포함되어 이야기를 한 줄 정도로 설명하는 글이다.

보통 여기가지 기획안에 들어간다. 하지만 연출의도를 제외하고 인물소개까지 시놉시스에 포함되는 경우도 있다. 줄거리는 이야기를 시간 순으로 나열해 놓은 글입니다. 여기서 밑에 플롯을 따로 적어 놓기도 한다.

예를 들어 현재와 과거가 뒤섞여야만 하는 플롯을

가지고 있는 <인터스텔라> 같은 작품이라고 치면 줄거리 그대로 그리면 재미없을 수 있다.

장르는 스릴러, 로멘스, 복수극, 코메디 이런 색을 부여하는 것을 쓸 수도 있고, 공연 같은경우엔 서사극, 인형극, 낭독극, 입체낭독극, 음악극, 뮤지컬, 연극, 비극, 희극, 등을 쓸 수도 있다.

인물소개는 써 있는 그대로고, 트리트먼트는 시놉시스의 다음단계이지만 트리트먼트와 시나리오를 잘 구분을 못하는 경우가 있어서 포함시켰다.
시놉시스의 액션아이디어나 플롯 줄거리 등을 더 자세히 써 놓은 예비 대본이라고 생각하면 된다. 보통 트리트먼트가 써지고 완전이 이야기 자체의 컴펌이 끝나면 세부적인 행동지시문이나 장면 시간 대사들을 추가하여 대본을 완성하게 된다.

- 줄거리와 플롯의 차이

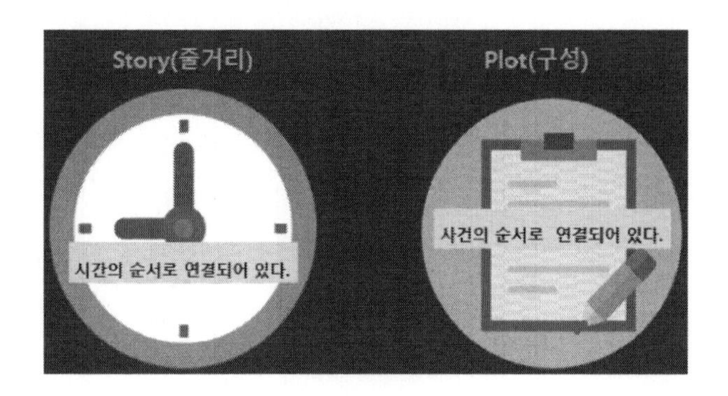

줄거리와 플롯은 아까도 말했듯이 시간의 순서로 되어있는지 사건의 순서로 되어있는지의 차이가 있다.

실제로 우리가 작품을 통해서 보는 것은 플롯이다.

Part 2 :

내 작품과 다른 사람 작품

8장 여섯 가지 글 점검 방법

"글의 중간이나 마지막 혹은 초반에도 이 점검 방법은 사용될 수 있다."

이제 본격적으로 글을 쓰는 단계에 접어들었을 것이다. 혹은 중간 마지막 단계일 수도 있다. 우리는 여섯가지 글 점검 방법을 통해 글이 제대로 완성되고 있는가를 체크해 봐야 한다. 다음에 나올 체크리스트를 확인해보자.

모두 맞아 떨어진다면 그런대로 잘 쓴 글이 된다.

6가지 글 점검 방법

(체크하면서 점검 해 보자)

1)□ 주인공이 처음부터 끝까지 대립세력과 부딪히고 그 과정이 점점 더 어려우며 흥미로운가.

2)□ 2.7.1 법칙 속에서 모든 사건들이 정말로 중요한가.

3)□ +, - 기법을 사용하고 있는가.

4)□ 작품 속에 유쾌한 캐릭터가 등장하는가, 혹은 주인공이 유쾌한가.

5)□ 반복되는 대사는 없는가.

6)□ 주인공의 감정상태나 주제를 설명하는 부분은 없는가.

위에서 그런대로 잘 쓴 글이라는 말을 했다. 그 말인즉 히트를 칠 만한 글이냐를 판단하는 것이 아니다. 관객들이 흥미롭게 봐줄만한 글인지를 판단하는 것이다. 저 체크리스트만 잘 챙겨도 관객들이 중간에 시계를 볼 일은 많이 없을 것이다.

아무리 유명한 작품이라도 가끔 후속편이 망할 때가 있다. 그럴때가 저 체크리스트를 한두 가지 정도 무시한 경우이다. 이제 체크리스트를 자세히 설명하겠다.

1) 주인공이 처음부터 끝까지 대립세력과 부딪히고 그 과정이 점점 더 어려우며 흥미로운가.

주인공(프로타고니스트)에겐 항상 대립세력(안타고니스트)가 따라 붙는다. 그것이 시어머니, 시아버지 일 수도, 범죄자 일 수도, 경찰이나 형제, 자매일 수도있다. 하물며 자기 자신일 수도 있다. 전체적으로 모두 점점 더 어려워져야 한다는 것이다.

2) 2.7.1 법칙 속에서 모든 사건들이 정말로 중요한가.

여기서 추가적으로 얘기하자면 2구간의 마지막 전까지는 평화로워야 한다는 것이다. 인물과 배경을 소개하는 만큼 첫 번째 시련이 오기 전엔 모든 게 안정적이고 잘 되어가는 느낌이 들어야 한다.

그리고 작가들은 찾아야 한다. 어떤 사건은 분위기만 잡고 있는 것이 아닌지, 상징을 너무 강조한 나머지 길어지고 있진 않은지, 주인공의 감정을 너무 과대 해석하고 있진 않은지 체크해야한다. 가장 사랑하는 장면을 하나 골라 그 장면이 정말 필요한지 점검해보면 가장 좋다.

3) +, - 기법을 사용하고 있는가.

+, - 기법은 생각보다 단순하다.

주인공과 작품을 중심으로 두고 **상황과 인물**이 (작품으로 봤을 때) **긍정적인 영향**(+)이 되는지 **부정적인 영향**(-)이 되는지를 보면 된다. 이 설명이 끝이지만 이해가 안 될 수도 있어 상세하게 설명 해보자.

+, - 법칙이란 작품 전체를 봐야한다. 이를테면 A라는 인물이 있다. 이 인물은 작품 중반에서 도박 빚에 허덕이고 있다. 그 인물에게 유혹의 손길이 다가온다. 한 회사를 운영하고 있는 친구B가 A에게 돈을 빌려준다. 하지만 B의 아내C는 빌려주는 것에 대해 완강히 반대하며 A에게 몰아붙인다.

여기서 A에게 B와 C는 어떤 영향을 끼치고 있는가. 여기선 인물로서 끼치는 영향과 작품으로 끼치는 영향이 다르다.

인물로서는 B는 +, C는 - 영향을 끼친다.

하지만 작품적으로는 B는 -, C는+적 영향을 끼친다.

B는 A에게 긍정적인 반응을 보이고 있다. 이미 돈을 빌려주려고 하고 있다. 하지만 C는 반대하고 있기 때문에 인물로서는 B는 +, C는 - 이다. 여기서 말을 제일 많이 하는 사람은 B일 가능성이 높다. 보통 + 성향을 가진 캐릭터가 분위기를 주도한다. 이 주도성 이 어떤가에 따라서 +와 –를 지정할 수 있다.

하지만 작품적으로 봤을 땐 C가 반대를 강하게 하면 할수록 주인공에게 고난이 크고 그것을 상쇄시키는 인물이 B이기 때문에 작품적으로 B가 - C가 +가 될 수 있는 것이다.

여기서 질문할 수 있다.

학생 : 쌤. 그러면 어떤 걸 선택해야 해요?

선택하는 것이 아니다. 이것이 어떤 영향을 끼치고 있는지 알고 있으면 된다. 그런데 작품 속에서는 인물이 몇 명이던 간에 +적인 인물과 -적인 인물이 함께 등장해야한다. 중요한 건 주인공에게 감정이입해서 +가 아니라는 점이다. 장면의 주인공에게도 +, -가 번갈아 붙는다.

만약 저 장면 이전장면이라고 하고 C가 늦게 등장했다고 해보자. 그리고 A는 돈을 빌려 달라고 하고 B는 주저하고 있다. 이 상황에서 인물 적으로, A와 B는 어떤 성향을 가지고 있는가.

아래 칸에 체크해 보면서 잠시 고민해 봐라.

A : + □ - □

B : + □ - □

정답은.

A : + ☑ - ☐

B : + ☐ - ☑

이다. 그럼 이렇게 질문할 수 있다.

학생 : 아니 아까 B가 +라고 하셨잖아요.

맞다. 하지만 장면이 바뀌었다. 둘이 있을 때도 마찬가지로 둘 다 +일 수는 없다. 활기차고 긍정적인 인물이 두 명이 있어도 그 사이엔 조금 덜 활기찬 사람이 -적 성향을 띈다. 이렇게 순간 순간 인물의 포지션들이 달라진다.

이 +, - 법칙을 이해하게 되면 장면을 쓸 때 여러 인물에게 주어질 대사가 더 디테일하게 정해질 것이다.

4) 작품 속에 유쾌한 캐릭터가 등장하는가, 혹은 주인공이 유쾌한가.

유쾌함이란 작품에 빠질 수 없는 요소이다. 물론 장르에 따라 유쾌한 캐릭터들의 비중이 없을 수도 있지만 그럼에도 불구하고 유쾌한 성격을 가진 캐릭터는 어딜 가나 인기 있다. 캐릭터 성격상 어딘가 허당끼가 있거나, 하는 행동이 호쾌하다거나, 어떠한 상황에서도 긍정적이거나, 하물며 호러 장르에서 가장 두려움이 많아 도망치는 캐릭터 라던가를 말하는 것이다.

주인공이 유쾌하면 비극적인 정서를 끌어낼 수 있다. 등장인물이 긍정적이면 긍정적일수록 그만큼 절망이 갖다 주는 크기가 커지고 관객에게 그 모습이 예쁘고 안타깝게 보이기 때문이다. 동화 <신데렐라>나 <백설공주와 일곱난장이>만 봐도 우리는 주인공을 응원하고 있다.

주인공이 유쾌하지 않고 평범하다면 주변을 비범하게

만들면 된다. 평범한 인물은 관객과 동질감을 느끼게 하거나 감정이입이 쉽다. 그 주변에 그 평범함을 상쇄시키는 비범한 인물들이 있고 그 인물들 덕분에 주인공이 비범해지면 관객은 내적 쾌감을 느낀다. 마치 RPG게임의 캐릭터를 키우는 마음이다.

유쾌한 성격은 작품도 활기차게 만든다.

5) 반복되는 대사는 없는가.

반복되는 대사는 관객을 지루하게 만든다. 반드시 작품을 모두 완성한 뒤에 한 문단 안에서 특별히 강조하는 대사가 아닌데 비슷하게 반복되는 문장이 있다면 모두 합치거나 지워버리자.

6) 주인공의 감정상태나 주제를 설명하는 부분은 없는가.

반복되는 대사와 연관성이 있다. 작품의 주제를 강조하고 싶어서 혹은 주인공의 감정상태가 무엇인지 알려주고 싶은 마음에 수많이 반복하는 대사들이 있다. 그런 대사들은 마음 아프지만 말이 아닌 행동으로 보여주자.

예를 들어 절망스럽다면 "절망스럽구나."라고 얘기하는 것 보다. (벽을 잡고 흐느껴 운다.)라는 지문이 더 효과적일 수 있다. 그리고 주제는 결말을 통해 도출하는 것이지 대사로 하는 것이 아니다. (뮤지컬도 마찬가지!)

9장 극작가가 다른 작품을 보는 태도

"작품을 볼 때 끊임없이 분석하라"

우리가 다른 작품을 평가할 수 있을까? 당연하다. 평가할 수 있다. 하물며 지금 이 책을 보는 학생들도 평가가 가능하다. 그 이유는 무엇일까. 우리는 일반 대중을 위해서 글을 쓴다. 특별한 누구를 위해서 쓰는 것은 편지와 다름없다. 그렇다면 모두를 만족 시킬 수는 없지만 대다수는 만족시킬 수 있어야 한다. 우리도 그 속에 포함되어있다. 글을 쓰는 글쟁이의 길을 가는 사람이라면 글을 쓸 줄도 알아야 하지만 글을 분석할 줄도 알아야 한다. 우리는 여태 글쓰기의 뼈대와 골자를 배웠다. 그 골자 그대로 분석하면 된다. 지금 아래에 나올 예시는 지금 저자가 생각해서 쓴 픽션이다.

만약 어떤 작품이 히트했다. 그래서 후속편을 냈다. 그 후속편은 약 3시간 30분이 넘는 긴 영화로 만들어졌다. 그래서 제작진은 1편, 2편으로 나눠서 상영할지 아니면 하나로 붙여서 상영할지 고민한다.

결국 하나로 만들어서 상영하자는 결론이 나왔다. 극작가의 제안 때문이었다. 작품에서 최초동기가 약 1시간 30분 만에 등장했다. 그래서 몇몇 관객은 중간에 자기 시작했다. 평가는 나뉘었다.

관객1 : 이게 끝까지 봐야 안다니까 초반엔 좀 지루해도 끝엔 재밌었어!

관객2 : 아 재미없어서 중간에 나왔어. 4)롤 다섯 판이 더 빠를 듯.

---

4) PVP 게임 League of legends 의 줄임말 'LOL'

이 영화에서 1시간 30에서 나온 최초동기를 어떻게 알아차릴 수 있었을까.

우리는 인물이 목표를 부여받는 순간이 최초동기라고 배웠다. 그 전에 배경설명에 사람들이 (신선한 배경이면 조금 더 길겠지만) 인내하는 시간은 그리 길지 않다. 그렇다고 배경설명을 너무 압축해서도 안 된다. 너무 길다면 중간 중간에 인서트로 삽입하는 것도 나쁘지 않은 선택이다. 하지만 위 영화는 그러지 않았다. 1시간 30분 내내 배경설명, 과거설명, 인물의 절망적 상황만 제시 하고 있었다.

그래서 플롯이 잘 구성된 작품은 반이라도 간다는 말이 여기서 생기는 것이다. 하지만 그 작품은 아이러니하게도 히트하고 말았다. 이것이 상업성의 특징이다. 스펙타클과 화려한 이펙트 등으로 눈길을 사로잡으면 어쩌면 최초동기가 매우 작아도 괜찮을 수도 있다.

그러나 우리는 비틀기 이전에 기본부터 잘 해야한다.

비틀기는 나중에 다루도록 하겠다.

Part 3 : 극작의 심화

10장 네 가지 플롯 비틀기

"기본 플롯을 배웠으니 이젠 비틀어보자!"

우리는 지난 9장까지 플롯의 기본 구조와 분석법을 아주 짧지만 깊게 훑어봤다. 이젠 플롯을 비틀어보자. 총 네가지의 비트는 방법이 있다.

-먼저 터진 사건

우리는 특히 공포나 서스펜스, 추리 작품에서 이런 장

면을 본 적이 있을 것이다.

영화가 시작하자마자 초목표부터 등장하는 장면. 이를테면 잠에서 깼는데 나 빼고 가족 모두가 죽어있다거나, 은행 업무를 보러 왔는데 강도가 은행을 장악해버렸다거나, 운전을 하고 있다가 덤프트럭에 치여 버리는 장면들 말이다.

이런 장면들로 시작하는 작품은 먼저 터진 사건 플롯을 사용하는 작품이라고 볼 수 있다. 그러나 플롯을 비틀기만 했지 사실 비슷하다. 이런 경우엔 2 구간이 7구간 중간 중간 인서트 된다. 지루하지 않게 그리고 왜 주인공이 이런 상황에 처했는지 소위말해 떡밥을 회수해주는 장치이다. 국내 작품으로 대표적으로 영화 <올드보이>가 있다.

이런 플롯이라 생각하고 한 번 영화를 보면 모두 이해가 될 것이다.

-뒤집어진 시간

뒤집어진 시간은 주인공이 사건을 마주하고 과거의 시간으로 되돌아가는 타임워프물이 될 수도 있고, 먼저 터진 사건과 섞어 사용할 수 있다. 하지만 이 두 가지를 동시에 사용하는 것은 매우 어려우니 신중하도록 하자.

뒤집어진 시간은 말 그대로 플롯이 시간을 역행하는 것이다. 여기서 중요한건 줄거리는 시간 순서대로 쓰는 것이고 플롯은 드라마의 순서를 알려주는 것임을 알고 줄거리와 플롯을 더욱 더 명확하게 구분해야할 점이다.

-멈춰있는 장소

멈춰있는 장소는 영화로도 좋지만 연극으로 만들면 더 좋다. 장소를 한정지어서 이야기를 만드는 것인데, 이야기의 디테일함이 가장 중요한 플롯이다. 이를테면 영화

<페르마의 밀실>이 있겠다. 영화 <큐브>도 마찬가지이다.

멈춰있는 장소는 2.7.1 구조를 명확하게 따라가는 것도 좋지만 배경설명을 짧게 시작하고 바로 장면으로 들어가는 것도 좋다.

-눈에 띄는 인물

마지막으로 눈에 띄는 인물은 인물 중심의 플롯이다. 영화 <예스맨>이 대표적이다. 인물이 중심적인 플롯은 전형적인 2.7.1 플롯을 띄고 있다. 희곡에서는 몰리에르의 작품이 그렇다.

배경설명-문제발생-문제 해결하는 과정이 인물의 성격 때문에 비범함-해결-결론

이 순서대로 진행된다. 주변인물도 마냥 평범해서는

안 된다. 성격이 분명히 있어야 하며 주인공을 보조하거나 막아서야한다. 마치 만화 같은 성격들을 가지고 있어야 한다. 보통 이런 것들을 [성격희곡]이라고 한다.

11장 인물에게 자신이 적이 되게 하기

"프로타고니스트(주인공) 안타고니스트(적대 세력)은 타인만 있을까? 아니다 나 자신이 적일 때가 많다."

우리는 적(敵)이라고 하면 타인을 생각하기 마련이다. 우리편 상대편이 존재하기 마련이다. 하지만 오히려 인생에선 내 자신이 적일 때가 많다. 여기선 심리적인 요인으로 들어가 봐야한다. 아마 분석력도 늘 것이다.

한 인물은 부모님에게 학대 당하며 어렸을 적 많은 제

약을 받으면서 자랐다. 그 인물은 스무살이 넘어 대학에 들어갔지만 2시간 이상의 통학을 권하는 부모님의 말에 순종하면서 동시에 동기생들에게 부모님이 너무 무섭고 싫다고 얘기한다. 동기생들은 당장 집에서 떠나라고 얘기하지만, 집세니 뭐니 하면서 핑계를 댄다. 학대의 수준은 집착을 넘어선 폭력이 존재한다. 어렸을 때에 비해서 몸이 커졌고 부모님은 나이가 들었기 때문에 어느정도 폭력은 줄어들었지만 아직도 집을 떠나지 못하고 있다.

자, 이 인물이 이러는 이유를 생각해보자.

이곳에 한 번 써 보라.

이 인물은 왜 그럴까. 지금도 쓰지 않고 답변만 보려고 하는 학생들이 있을 것이다. 다시 돌아가서 써 보자. 내 생각을 써 보자. 정답이란 따로 존재하지 않는다. 논리적으로 모두가 끄덕일 수 있는 것을 스스로 직접 생각해서 쓰고 다시 돌아오자.

지금! 돌아가라!

이런 경우는 말로 설명하기 상당히 까다로운 편이지만 한 번 해 보겠다. 해석의 부분이다. 그 인물은 부모님의 사랑을 못 받고 자랐다. 아예 못 받았으면 집을 뛰쳐나올 확률이 높다. 하지만 그렇지 않았을 것이다. 결론은 애정결핍이다. 누가 봐도 이상하다. 당장 집을 뛰쳐나와도 모자랄 판국에 학대를 받으면서 집에서 나오지 않고 있다. 그것은 두 가지로 볼 수 있는데, 부모님이 인정해 주길 어렸을 때부터 기다려온 것일 수 도 있고, 부모님의 재산에 대한 이득 이 두 가지가 섞여서 그럴 수 있다. 만약 부모님의 재산에 대한 이득이 없다 하더라도, 끝까지 자신을 바라봐 주는 것은 부모이기에 그것을 바라는 마음 깊숙한 곳의 애정결핍이 이러한 행동을 낳은 것이다.

이렇듯 해석이 분명해지면 분명해질수록 인물을 만들어내기가 쉽고, 인물 내부의 이기심에 대해서 알 수 있다. 무조건 남에게만 헌신하는 사람은 없다. 헌신한다 하더라도 그것이 자신에게 만족스럽기 때문에 헌신하는 것이다.

이렇듯, 배우와 극작가 감독 모두 심리적 현상에 대해서 분석해야하는 이유이다.

12장 제출하는 글 양식

"이야기를 만들 때 쓰는 양식들이 있다!"

이번 장은 이야기를 창작할 때 내가 쓰는 양식들이다. 파일 다운로드는 김현희의 블로그[5] 에 등록되어있다.

다음 파일은 희곡 <도보 7분 쉐어하우스>의 트리트먼트(시놉시스)이다. 참고해서 사용하도록하면 좋을 것 같아 첨부한다.

---

5) 김현희 블로그
https://blog.naver.com/gusl301/223012017713

작품명	도보 7분 쉐어하우스	장르	희극
주제			
인생의 고난은 타인이 아닌 스스로의 믿음으로 극복할 수 있다.			
기획의도			
번아웃증후군이라는 새로운 병이 생겨날 만큼 현대를 살아가는 사람들은 지쳐있다. 또한 워라밸 워라밸을 외치고 욜로를 외치는 현대인들은 자존감 수업이라는 책에 기대어 자신의 자존감을 높이려고 하고 있다. 경쟁사회에서 살아온 현대의 20대.. 그들이 겪고 있는 사회는 무엇인가. 사랑과 낭만으로만 얘기할 수 없는 현대의 20대에 대해 공감하지 못하는 사람은 없을 것이다. 새로운 직장, 새로운 사람들 20대들이 맞이하는 인간관계들은 쉽게 부서지고 쉽게 생겨난다. 이 이야기는 자신의 의지로 변하지 못하는 인간관계에 정면으로 부딪히는 한 여성의 삶을 그리고 있다.			

연출의도
이십대, 청춘이라 불리는 시기. 과연 우리는 이 청춘을 어떻게 보내고 있는 걸까. 사랑과 취업으로 점철되는 이십대의 삶 속에서 가장 많이 무너지고 생겨나는 것이 무엇일까. 여기서 이 프로젝트가 시작되었다. 너무 흔해서 시간단위로 사건이 터지는 인간관계의 이야기들, 우리는 그 속에서 살고 있는 것이다. 이번 작품을 만들면서도 나 자신에게 위로와 난해함, 옳고 그름에 대한 생각을 해주게 만들었다. 입시 연기를 그만두고 도망치듯 사회에 뛰어든 주인공은 어쩔 수 없이 살아남기 위해 현실에서 연기를 한다. 셰익스피어의 퍽이 입시연기 대사였던 이유는 어쩌면 주인공이 퍽과 같은 성격이었기 때문 아닐까. 한때 나도 나의 성격이 정확하게 무엇인지 헷갈릴 때가 있었다. 좋은 것들을 모두 흡수하면 좋은 사람이 되지 않을까 생각한 적이 있었다. 이 작품은 몰리에르의 귀족수업에서 모티브가 되어 시작되었지만, 인간관계에 대한 이야기로 끝나고 있다. 모든 것이 가능한 나이, 그리고 모든 것이 처음인 나이, 또한 모든 것이 스스로의 책임인 나이. 작품은 사실적이지만 최대한 사실적인 요소를 줄이고자 노력했다. 실은 압축했다는 말이 더 옳을지도 모르겠다. 드라마의 시간대가 반년을 다루고 있으며, 인

물들의 성격들이 부각되는 희곡인 만큼 인물의 성격을 제일 잘 보여줄 수 있는 움직임들을 활용하고, 주요 무대 장소들이 크게 집과 회사로 나뉘므로 한 장소의 직접적인 표현을 줄이고자 노력했다.

이야기가 어떻게 보일지는 모르겠지만 건강한 영향을 끼치기를 바라며... 코로나로 위기인 이 시기에 와주신 관객과 함께한 배우, 스탭분들 그리고 응원해주시는 스승님들께 마음을 다해 감사드립니다.

줄거리

쉐어하우스에 '됐다 됐어 소리가 울려퍼진다. 지영이의 중소기업 합격소리에 모두 축하하는 축하자리를 연다. 그리고 남자친구의 이별통보에 고민상담을 시작한다. 주인공은 본인의 성격과 트라우마를 드러내고 모두 지영의 성격에 대해 이러쿵저러쿵 자기입장에서만 얘기한다. 주인공은 큰 상처를 받지만, 본인의 열등감을 이겨내고자 자신의 성격을 바꾸기 위한 조언을 받아들이기로 한다.

주인공은 쉐어하우스의 사람들의 조언으로 회사에서 그리고 쉐어하우스의 사람들과도 부쩍 친해지게 된다. 그렇게 순조롭게 지내는 것 같았지만 그러한 변화무쌍한 성격 때문에 결국 회사에서 인간관계는 처참하게 박살났고, 그 때문에 쉐어하우스의 인간관계도 박살이 난다.

주인공은 자포자기한 상태로 이직 생각이있던 회사에 면접을 보러간다. 하지만 잘보이고 싶은 의지가 전혀 없었으므로 솔직하게 면접에 응한다. 면접에서 평소에 말하지도 못했던 철학들, 생각들을 다 털어놓으면서 면접관들을 감동시킨다. 주인공은 결국 모든 인간관계를 청산하고 새로운 직장의 이직을 준비하며 막을 내린다.

인물 소개

쉐어하우스 사람들

한세아 (23세) / 여 /　처음으로 중소기업에 갓 합격한 사회초년생
사람을 잘 믿는 성격으로 연기 입시를 하다 실패하고 재수하는 와중에 도망치듯 서울로 올라왔다. 알바에서도 인간관계가 원활하지 못하여 문제가 많아 잘리는 일이 다반사였고, 일머리가 없어 인간관계에 두려움이 있다. 그러한 트라우마 속에 처음으로 중소기업 디자인 회사 쇼핑몰 계약직 웹 디자이너로 입사하게 되었지만 걱정이 많다. 자신이 회사에서 살아남기를 바란다.

김지수 (28세) / 여 / 종합 화학 산업단지 연구원

냉철한 성격이지만 맏 언니로 츤데레같이 동생들을 챙긴다. 똑 부러지고 똑똑한 성격이다. 자기 분야에선 자신이 최고다. 남 일에 크게 신경 쓰지 않는다. 원리 원칙에 따라 행동한다. 쉐어하우스에선 삼년 반 째 거주중이다. 여러 인간관계에 대한 트라우마 때문에 사람들과 친하게 지내려 하지 않는다. 아래로 세 명의 동생이 있다. 맏이다.

다 지나가는 거야. 연연할 필요 없어.

이예림 (23세) / 여 / 미대 4학년 졸업반 (순수미술 전공)
부유한 집안에서 자란 느낌이 든다. 그런데 사실은 흙수저, 인기가 많다. 그래서 남자관계가 매우 복잡하다. 착한 것 같으면서도 그렇지 않은 것 같은 .... 자기가 잘 보여야 하는 사람들한테서만, 부드러운 말투를 사용한다. 필요할 땐 교태도 부릴 줄 안다.

싹싹하고 긍정적이게 살아야 살아남지!

정 율 (21세) /여 / 고졸, 바(BAR)에서알바를 하고 있지만 주변사람들에게 밝히지 않는다.
호탕하고, 호기심이 많다. 개그캐릭터를 맡고 있다. 밝고 긍정적인 성격을 가지고 있다. 꾸미는것에 관심이 많고 남자친구를 늘 의심하느라 바람잘날이 없다. 타로카드로 매일 점친다. 즉흥적이고 약간 이기적이다. 상처도 잘 받지만 긍정적이게 받아들이려 노력한다.

표정관리만 잘 해도 중간은 가!

고경원 (29세) / 남 / 회사원 회계팀 주임
정율과 개그 듀엣, 뮤지컬을 공부 하고 싶어 현재 다니는 회사를 때려치고 뮤지컬과 대학 입시를 준비하고 있다. 밝고 명랑하고 모든 걸 져주는 쉐어하우스에서 가장 봉이지만, 가끔 오빠다운 면모에 주변사람들이 놀란다.

겸손, 좋은게 좋은 거다 생각하고, 니 의견 너무 내세우진 마.

중소기업사람들

박재훈 (28세) / 남/ 대리
주인공에게 친근하게 접근하여 주인공이 제일 처음 친해지는 사람, 회사 내에서 인맥도 좋고 분위기도 좋다. 하지만 성격이 들쭉날쭉한 주인공의 모습에 당

<table>
<tr><td colspan="2">황한다.

김재환 (34세) / 남/ 차장
자꾸 주인공의 일에 간섭하고 주인공을 가르치려 든다. 부장에 대한 욕망</td></tr>
<tr><th colspan="2">장별 정리</th></tr>
<tr><td>opening. 도보 7분 쉐어하우스</td><td>-각자 쉐어 하우스에 어떻게 들어오게 되었는지, 어떤 캐릭터인지. 어느 방인지 등을 보여주는 장면</td></tr>
<tr><td>1장. 입사 축하해</td><td>-인물들의 캐릭터 부각, 배경설명
-주인공의 초목표 등장</td></tr>
<tr><td>2장. 쉐어하우스의 새벽</td><td>-주인공을 상담해주는 이예림 (싹싹한성격)
-예림의 과시적인 성격이 드러나야함
-부자인 느낌이 들어야함</td></tr>
<tr><td>3장. 입사날</td><td>-주인공이 무조건적으로 싹싹한 성격으로 접근하여 일을 다 떠맡게 됨</td></tr>
<tr><td>4장. 쉐어하우스의 아침</td><td>-일이 잘 풀리는 것처럼 보이며
-각각의 인물들의 생활과 재밌는 성</td></tr>
</table>

	격들이 보여야함
5장. 늦봄 그리고 여름과 가을	-굉장히 빠른 모션으로 장면이 진행된다. -그리고 일을 많이 떠맡게 된 주인공이 상사에게 명령조로 말하는 말실수를 하게 된다
6장. 퇴사마렵다	-주인공의 실수에대한 고민을 고경원에게 털어놓고 고경원에게 조언을 얻는다(겸손의견표출 없이) -정율의 숨겨진 사연을 알게됨
7장. 회식과 실수	-회식 4차 노래방에서 주인공이 매우 취했지만 분위기를 깨지 않으려 노력하는 모습 하지만 주인공 때문에 회식이 파함 -회사사람들이 주인공에 대한 불만이 있어야함
8장. 개미의 죽음 그리고 해고통지	-주인공이 일어나 개미에게 밥을주고 왔지만 개미 우리문을 안닫아 개미가 탈출하고 난리가 난다. 그리고 해고되고 이예림과 만난다
9장. 긴장의 쉐어하우스	-주인공의 배신감 -다른 인물들도 주인공에게 쌓였던게 많음

	-정율도 이예림편을 듦
10장. 면접	-주인공의 성실함과 경험등을 어필한다.
11장. 안녕, 쉐어하우스	-주인공의 깨달음

| 나가면서 |

두 마리 토끼를 잡는 극작법은 이론 실천서로 작성되었다. 책을 보면서 실습에 사용할 수 있게끔 만들었고, 그렇기에 많은 사람들이 보고 실제 작가가 어떻게 글을 쓰는지, 국내에서 글을 쓴다는 것은 어떤 것인지 현실적인 접근이 필요하다 생각해서 글을 썼다.

두말 않고 많은 이들이 글을 쓰는데 어려움이 없으면 좋겠다.

두 마리 토끼를 잡는 극작법

발　행 | 2023년 04월 04일
저　자 | 김현희
펴낸이 | 한건희
펴낸곳 | 주식회사 부크크
출판사등록 | 2014.07.15.(제2014-16호)
주　　소 | 서울특별시 금천구 가산디지털1로 119 SK트윈타워 A동 305호
전　화 | 1670-8316
이메일 | info@bookk.co.kr
표지 구성 | 아티

ISBN | 979-11-410-2288-4

www.bookk.co.kr